AF336216

QUELQUES

OBSERVATIONS

SUR

L'OUVRAGE DE M. FIÉVÉE.

————

A PARIS,

Chez DELAUNAY, Libraire, au Palais-Royal,
Galerie de bois ;

Et chez les Marchands de Nouveautés.

M DCCC XVI.

QUELQUES OBSERVATIONS

SUR

L'OUVRAGE DE M. FIÉVÉE [1].

M. Fiévée prétend examiner *les choses sans s'arrêter aux mots*, et cependant, en présentant des considérations générales sur la science politique, il propose les divisions d'Aristote pour les différens gouvernemens, comme la base de la science. Mais Aristote n'ayant jamais eu en vue que de décrire les divers gouvernemens du seul système de civilisation dans lequel il vivait, il est nécessairement arrivé à M. Fiévée qu'il n'a offert au

---

[1] Ces observations étaient destinées pour un journal.

public qu'un lit de Procruste en politique. Tous les systèmes de civilisation et tous les gouvernemens ont été mutilés et défigurés, afin de s'accorder avec les maximes de l'auteur grec.

Il n'y a pas de doute que la politique d'Aristote ne soit un chef-d'œuvre de profondeur et de sagacité. Cet immortel ouvrage renferme une théorie parfaite de la dissection politique des États qui avaient adopté le système de civilisation des Grecs, c'est-à-dire, où était établi l'esclavage le plus absolu pour toute la grande masse de la population ; car les hommes libres ou les citoyens se composaient toujours du plus petit nombre, souvent dans la proportion de vingt esclaves contre un citoyen. Mais Aristote savait très-bien que l'anatomie politique d'un seul système de civilisation ne forme pas un corps de doctrine complet applicable à d'autres systèmes.

M. Fiévée semble avoir trouvé une parfaite analogie entre l'anatomie politique et l'anatomie physique. Sa doctrine paraît être que, de même qu'un livre sur la structure du corps humain peut servir aux médecins de tous les pays, de même un bon ouvrage sur la politique du système grec pourrait convenir à toutes les nations. Il n'hésite point de s'exprimer ainsi : « De toute
» antiquité, on a borné à trois les di-
» verses situations politiques qui peu-
» vent se rencontrer dans une société,
» parce qu'il est impossible d'en con-
» cevoir un plus grand nombre. L'Eu-
» rope moderne ne pouvant rien inven-
» ter à cet égard, pas même les expres-
» sions, a adopté celles consacrées par
» les langues qui ont formé sa littéra-
» ture ; et nous désignons les trois si-
» tuations politiques sous les noms de
» *royauté*, d'*aristocratie*, de *démo-
» cratie*». Il ne faut donc pas s'étonner,

qu'à la manière d'Aristote, M. Fiévée
fasse un usage fréquent des mots d'*aristocratie* et de *démocratie*. Par le mot
aristocratie, Aristote désigne la préfé-
rence des *citoyens riches* sur les pau-
vres, et par celui de démocratie, il in-
dique une aptitude égale pour *tous les
citoyens* d'arriver à des places, de con-
courir à la confection des lois et à four-
nir des juges auprès des tribunaux. Mais
la distinction entre la noblesse et le
peuple était inconnue à Aristote; et il
résulte au contraire de la nature du
système de civilisation qui était en
vigueur dans les anciens États grecs,
qu'il y avait une *aristocratie sans distinction de naissance* et une *démocratie sans peuple.*

Par quelle magie M. Fiévée pourra-
t-il faire changer le sens des paroles
d'Aristote au point de faire croire à ses
lecteurs qu'aristocratie veut dire le
pouvoir d'une noblesse héréditaire, et

démocratie, le pouvoir du peuple? Il n'y a pas un mot de tout cela dans l'auteur grec; car les citoyens d'Athènes étaient tous d'une même naissance, et la grande portion de cette nation, portion que l'on désigne en français par le mot de *peuple*, était toute entière composée d'*esclaves*, sur lesquels les citoyens exerçaient le droit de vie et de mort sans responsabilité devant la loi.

Voilà dans quelles absurdités, tant par rapport aux choses que par rapport aux mots, tombe un auteur qui n'a pas fait de profondes méditations sur la nature de la science de la politique générale.

Il est bon que M. Fiévée apprenne qu'avant de parler des gouvernemens, il faut traiter des différens systèmes de civilisation. Il est aussi nécessaire de connaître le système particulier d'après lequel le gouvernement doit se régler, qu'il est nécessaire pour un ingénieur de considérer le terrain sur lequel il veut construire une forteresse. Si le terrain est montagneux, il n'est pas question de fossés d'eaux et d'inondation ; s'il est dans la plaine, il ne faut pas compter sur la ressource des chemins étroits et de précipices.

Voici huit systèmes de civilisation bien connus :

1°. Le système des castes, où toute la population est divisée, par la naissance, en différentes classes, les enfans suivant toujours la condition de leurs pères. (Encore dans l'Inde et autrefois en Égypte et dans d'autres Etats).

2°. Le système où une caste principale s'occupe particulièrement des cérémonies religieuses. (Chez les Hébreux autrefois, dans le Thibet et ailleurs).

3°. Le système, où il n'y a ni distinction de naissance, ni droit de propriété territoriale, excepté pour la famille

(9)

du souverain. (En Chine, en Perse et autres grands royaumes dans l'Asie).

4°. Le système de deux classes par naissance, des hommes libres et des esclaves, la seconde classe beaucoup plus nombreuse que la première; et une ville principale, la seule résidence du gouvernement. (Les anciens Etats autour de la Méditerranée, les Cartha-ginois, les Grecs, les Romains, etc.)

5°. Le système de trois classes par naissance, les nobles, les bourgeois et les serfs, les derniers non propriétaires, et attachés à la glèbe. (En Russie, en Pologne).

6°. Le système de féodalité pure, où, moyennant l'admission à une pos-session temporaire des terres, on rem-plissait des obligations envers l'Etat.

7°. Le système de féodalité mixte, où les fiefs furent déclarés propriétés particulières, et les titres de noblesse conférés à tous les membres d'une famille , jouissant de prérogatives.

8°. Le système de droit universel à la propriété territoriale par succession ou acquisition, en payant des impôts, et les fonctions publiques, générale- ment parlant, accessibles à tous. (En Angleterre et depuis long-temps adopté dans plusieurs Etats de l'Europe occi- dentale).

Dans tous ces systèmes de civilisa- tion , il y a eu des gouvernemens, et le bon sens seul suffit pour juger que ces gouvernemens ne devaient pas tous être modelés d'après les maximes poli- tiques d'Aristote. Plusieurs Etats en Asie étaient même très-puissans avant l'existence des Grecs.

Aristote devait parler beaucoup de la liberté politique, parce qu'il était possible, pour un petit nombre de *ci- toyens* qui furent servis par des mil- liers d'esclaves, d'en jouir à un très- haut degré aussi long-temps que l'ab-

sence des dangers du dehors et la tran-
quillité intérieure pouvaient le per-
mettre. Mais on s'aperçoit , par la
nature des trois premiers systèmes ,
qu'ils ne sont pas susceptibles de
l'exercice de la liberté politique, et
que , dans les quatre derniers, cette
liberté doit être restreinte d'après la
nature du système de civilisation, l'é-
tendue de l'Etat, et l'esprit particulier
d'une nation.

La Charte du Roi a prescrit avec
sagesse le degré de liberté qu'il est
possible de rendre durable en France.
Les fonctionnaires sont, en général,
nommés par le Roi, sans aucun con-
cours de la nation. Mais en fait des
tribunaux, on y rencontre l'influence
précieuse du jury. Quant à la législation, la nation y exerce une coopéra-
tion très-réelle, par l'intervention du
corps des grands notables héréditaires
et celle de la chambre des députés, no-

tables temporaires élus par la masse de la nation. Il ne faut pas un grand effort de combinaison pour sentir que, sans un corps de grands notables héréditaires, le trône courrait des risques, et que, sans un corps de notables temporaires élus par la grande masse des habitans, la nation ne pourrait pas être censée exercer de l'influence sur la législation.

Ce que M. Fiévée trouve si singulier dans le décret de la diète norvégienne, savoir : *que les nobles n'auront d'autres droits que ceux dont jouissent les autres citoyens*, est également établi par la Charte constitutionnelle. Il en tire une conséquence très - erronée quand il dit : *dès-lors il est clair qu'il n'y a plus de nobles, de noblesse, d'aristocratie*. Si M. Fiévée eût bien réfléchi sur l'aristocratie dans les Etats grecs, il saurait que la véritable signification du mot d'aristocratie se rapportait à la richesse, tout comme le veut la Charte, en exigeant mille francs de contribution directe d'un notable élu par la nation. A la dernière chambre des députés, il se trouvait donc véritablement un élément d'aristocratie. M. Fiévée, qui ne voit que de la démocratie parmi des personnes qui payent une si forte somme d'impôts, s'écarte étrangement, dans ce point, du modèle grec qu'il s'est proposé de suivre dans ses raisonnemens sur la politique générale.

La distinction de M. Fiévée entre ceux qui payent et ceux qui sont payés, est une insulte faite au bons sens. Il est dans l'ordre que des personnes qui doivent discuter les lois au nom de la grande masse des habitans, soient assez riches pour ne pas avoir besoin d'être payés; mais, hors ce cas seul, aucun bon gouvernement ne pourra jamais marcher sans des fonctionnaires payés.

M. Fiévée voudra-t-il disputer un rang élevé et une grande importance dans l'Etat aux fonctionnaires publics, par la seule raison qu'ils sont salariés ? Une telle doctrine mènerait à l'absurde dans tous les systèmes de civilisation ci - dessus indiqués, excepté dans le quatrième ou celui de l'*esclavage du peuple*.

En finissant, je crois pouvoir recommander à M. Fiévée de ne plus embrouiller son jugement par des subtilités sur l'*aristocratie* et la *démocratie*, termes qui appartiennent exclusivement aux gouvernemens des anciens Etats grecs, et qui sont si peu applicables à la politique des Etats modernes, qu'il est même impossible de les traduire ou de les entendre dans aucune langue vivante. Il faut qu'il étudie surtout la nature du huitième système de civilisation, heureusement introduit en France, comme il l'a été depuis long-temps en Angleterre. Nous avons des grands notables héréditaires, conseillers-nés du Roi, siégeant dans la chambre des pairs ; et des notables élus pour la chambre des députés des départemens. Avec ces élémens de liberté politique, la France, éminemment éclairée et civilisée, ne manquera jamais de prospérer.

On doit espérer que si M. Fiévée s'est trompé sur la nature de la science de la politique générale, il sentira cependant, comme homme d'esprit, toute la force des observations que je viens de faire.

FIN.

DE L'IMPRIMERIE DE CRAPELET.

www.ingramcontent.com/pod-product-compliance
Lightning Source LLC
LaVergne TN
LVHW010112060726
842524LV00006B/2467